# Félicitations, Clifford!

## Danielle Denega
## Illustrations de Jay Johnson

### Texte français d'Isabelle Allard

**D'après les livres de la collection « Clifford, le gros chien rouge » de Norman Bridwell**

Copyright © Scholastic Entertainment Inc., 2007. Copyright © Éditions Scholastic, 2008, pour le texte français. Tous droits réservés.

ISBN-10  0-545-99290-7
ISBN-13  978-0-545-99290-9

Titre original : Clifford's puppy days – Graduation Day
Conception graphique : Michael Massen
D'après les livres de la collection CLIFFORD, LE GROS CHIEN ROUGE publiés par les Éditions Scholastic.
MC et Copyright © Norman Bridwell.
SCHOLASTIC et les logos connexes sont des marques de commerce ou des marques déposées de Scholastic Inc.

CLIFFORD, CLIFFORD LE GROS CHIEN ROUGE, CLIFFORD TOUT P'TIT et les logos connexes sont des marques de commerce ou des marques déposées de Norman Bridwell.

Édition publiée par les Éditions Scholastic, 604, rue King Ouest, Toronto (Ontario) M5V 1E1.

5 4 3 2 1    Imprimé au Canada    08 09 10 11 12

Les Mignon adorent leur p'tit chiot rouge.
Mais Clifford fait toujours des bêtises!
Il tente de se sauver dans le parc.
Il vole de la nourriture sur la table.

Il renverse la poubelle et mordille les chaussures de M. Mignon!

— Tu dois aller à l'école des chiots, Clifford! lui dit Émilie.

Au début, Clifford est inquiet. Mais il s'aperçoit vite que l'école des chiots, c'est amusant!

Quand l'éducatrice lui dit de s'asseoir, Clifford se roule sur le dos.

— Couché! dit l'éducatrice.
Mais Clifford fait des trous dans le gazon.

— Viens! dit l'éducatrice.
Mais Clifford pourchasse un papillon.
Il n'est pas un très bon élève.

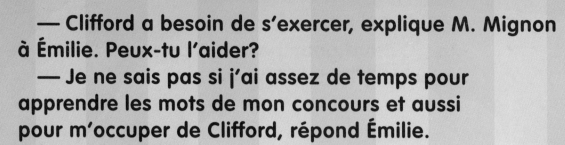

— Clifford a besoin de s'exercer, explique M. Mignon à Émilie. Peux-tu l'aider?

— Je ne sais pas si j'ai assez de temps pour apprendre les mots de mon concours et aussi pour m'occuper de Clifford, répond Émilie.

Mme Mignon regarde les cartes éclair d'Émilie.

— Plusieurs mots du concours sont les mêmes que les commandes pour Clifford, dit-elle. Clifford et toi pourriez vous aider l'un l'autre.

— Bonne idée! s'écrie Émilie.

— Clifford, tu dois t'exercer pour obtenir ton diplôme, et moi, je dois étudier car je veux gagner le concours, déclare Émilie. Mais pour ça, il faut travailler ensemble!

Émilie lit la première carte :
— Assis. A-s-s-i-s.
Elle montre à Clifford comment s'asseoir. Clifford s'assoit.
— Bon chien, Clifford, dit Émilie.

Elle lit une autre carte et montre à Clifford comment se coucher.
— Couché. C-o-u-c-h-é, dit-elle. Et Clifford se couche.

— **Bravo, Clifford! s'écrie Émilie.**

Cette fois, quand l'éducatrice dit à Clifford de s'asseoir, il s'assoit devant elle.

Quand elle lui dit de se coucher, il se couche à ses pieds.

École des chiots
Diplôme

Clifford

Clifford regarde Émilie et remue la queue.
Il est content d'avoir reçu son diplôme!

Émilie est fière de Clifford, mais le concours lui donne le trac.

Pourtant, elle n'a pas besoin de s'inquiéter. Grâce à Clifford, elle a appris tous les mots. Elle gagne le premier prix!

— Merci, Clifford. Je n'aurais pas réussi sans toi, chuchote Émilie.

Clifford lui lèche le nez. Lui aussi veut la remercier!